U0660613

常春藤诗丛

华东师范大学卷

宋琳 主编

张文质 著

张文质诗选

陕西新华出版传媒集团

太白文艺出版社

图书在版编目（CIP）数据

张文质诗选 / 张文质著. -- 西安：太白文艺出版社，2019.1

（常春藤诗丛. 华东师范大学卷）

ISBN 978-7-5513-1674-3

Ⅰ. ①张… Ⅱ. ①张… Ⅲ. ①诗集－中国－当代 Ⅳ. ① I227

中国版本图书馆 CIP 数据核字（2019）第 024723 号

张 文 质 诗 选
ZHANG WENZHI SHIXUAN

作　　者	张文质
责任编辑	蔡晶晶
封面设计	不绿不蓝 杨西霞
版式设计	刘戈
出版发行	陕西新华出版传媒集团
	太 白 文 艺 出 版 社
经　　销	新华书店
印　　刷	北京彩虹伟业印刷有限公司
开　　本	787 毫米×1092 毫米　1/32
字　　数	77 千
印　　张	7
版　　次	2019 年 1 月第 1 版
书　　号	978-7-5513-1674-3
定　　价	45.00 元

版权所有 翻印必究

如有印装质量问题，可寄出版社印制部调换

联系电话：029-81206800

出版社地址：西安市曲江新区登高路 1388 号（邮编：710061）

营销中心电话：029-87277748　029-87217872

心灵城邦的信使
——《常春藤诗丛·华东师范大学卷》序言

> 每场革命，最初都是一个人心灵里的一种思想，一旦同一种思想在另一个人的心灵里出现，那对于这个时代就至关重要了。
>
> ——爱默生

一

20世纪80年代的大学生诗歌运动属于广义上的"第三代"诗歌运动，是以朦胧诗为代表的地下诗歌运动的余续。其规模大大超越了朦胧诗，并将朦胧诗的影响从理念扩大到日常生活和写作行为中去，就精神的自足、语言实验的勇气与活力来看，或可称之为一场学院"诗界革命"。梁启超曾说："过渡时代必有革命。然革命者当革其精神，非革其形式"（《饮冰室诗话》）。可这一次革命却是从精神开始，而归结于形式的。每个诗人的成长与他的阅读史是相伴随的，一首诗的力量——如雨果所说——可以超越一支军队，如果我们从心灵征服的角度去理解的话，就可以不去管浪漫主义信条是否依然有效。事实上，课堂上讲授的普希金与私底下交换的现代诗歌读物是交互作用于年轻学子的感受力的。顾城的《一代人》只有两句："黑夜给了我黑色的眼睛，我却用它寻找光明。"这种警句式的表达未脱浪漫主义的调子，却成为我们寻找现代性的宣言。

反思20世纪80年代的精神气质和个人学习写诗的历程，我们自然会将地理空间对心灵的投射作用与一首诗的销魂效果联系起来。上海，中国最都市化的城市，具备构成现代性的一切因素。它混杂着殖民时代的摩天大楼、花园洋房和棚户区。黄浦江上巨轮与冒着黑烟的机帆船交错行驶。它的街道风貌中既有石库门的市井风俗画、梦游般的人群，又有琳琅满目的橱窗的奢华镜廊，无轨电车与自行车流的活动影像一掠而过。尽管经过社会主义工业化的改造，昔日租界那"万国"风格的办公楼与住宅区大都幸存了下来，丁香花园的洋气与豫园的老派相对峙，连空气也混合着冰激凌、啤酒、江水和工厂的化学气味。华东师大校园紧邻苏州河——工业污染使它变成了死水，它与另一个近邻长风公园的秀美形成巨大的反差，这些都成为城市焦虑症的源头，本雅明所谓"震惊经验"的上海版。"中国是有都市而没有描写都市的文学，或是描写了都市而没有采取了适合这种描写的手法"（杜衡：《关于穆时英的创作》），20 世纪30 年代初如此，80 年代初亦如此，上海的校园诗人在学徒期已感觉到这个问题。

夏雨诗社成立于 1982 年 5 月，早期主要成员是 1978 、1979 和 1980 级中文系学生。策划地是被我们戏称为"巴士底狱"的第一学生宿舍，灰色的三层回字形楼房，这栋建筑是民国时期大夏大学的旧址。某个春夜，我们开始了紧张的筹备。张贴征稿启事，给名流写信，请校长题词，打字，画插图，油印。5 月下旬，《夏雨岛》创刊号就这么诞生了。如果说夏雨诗社有自己的传统，那么可以追溯到辛笛写于 20 世纪三四十年代的诗，他的为人也堪称我们的师表。另一位有重要影响的是施蛰存先生，他是中文系的教授，有关他和《现代》杂志的关系、"第三种人"文学观的争论、他与戴望舒的友谊，尤其是他写志怪和色情的极具现代感的小说，都使他成为上海传奇的一部分，成为我个人的文学英雄。向两位先生的请益，打开了我的视野。施蛰存的《关于"现代派"一席谈》是在夏雨诗社成立后不久的 1983 年写的，在文中他提醒年轻人，现代观念早在五十年前就有了，"不是什么新发现"，因此"在创作中单纯追求某些外来的形式，这是没出息的"。如何避免重复上一代人，或再次错过某种与传统接续的契机？在检视我自己以及一些夏雨同人早期习作时，我既怀念青春的纯洁与激情，又不免为文化断裂所导致的盲目而感慨"诗教"的不足。"失去的秘密多得像创新"——理解曼德尔斯塔姆这句话的反讽意味，需要多么漫长的砥砺呀！

二

快速吸收、快速转换似乎是青春写作的一个特点，在主体性未完全建立以前，模仿和趋时的痕迹是明显的。学生腔、自我陶醉、为文而造情这些通病使大量的文本失效，在时间的严酷法则下，经得住淘汰的诗作已属凤毛麟角。或许只有诗人的"第二自我"能够立于不败之地，确保出于热爱的摸索没有白费——那时我们都很虔诚。

结社本身在价值取向和实践方面必将体现一个时期或一个地域的文化征候，一个社团往往就是一个趣味共同体，相互激发和讲究品鉴，使代代文人共同参与并创造了知音神话。"真诗在民间"意味着文化的原创性是由民间社会提供的，其中社团的运动是保证原创性的活力得以持续的基础。夏雨诗社作为高校学生社团之一，所以能从中产生出优秀的、有全国影响力的诗人，自发性是至为关键的，没有自发性就不可能保障个性的发挥，也就没有诗歌民主。薇依曾说："思想观念的群体比起或多或少带有领导性的社会各界来，更不像是群体"（《扎根：人类责任宣言绪论》）。夏雨诗社的组织形式不同于利益群体，虽然没有流派宣言，它亦接近于诗歌观念的群体。一首诗的传播有大语境的因素，但是在诗歌圈子的小语境中，一首诗一旦被接受，就是一个不小的事件。如艾略特所说："它调整了固有的次序。"

相对于徐芳、郑洁诗中的淑女气质，张小波、于荣健，还应加上张文质，却着迷于惠特曼或海明威的野性。张小波的《钢铁启示录》、于荣健的《我们这星球上的男子汉》和张文质的《啊，正午》写出时，四川的"莽汉主义"诗派还没有创立。狂放、一定比例的"粗鄙度"（朱大可在《城市人》诗合集序言《焦灼的一代与城市梦》中发明了这个术语）、崇尚力之美、将词语肉身化、并赋予原始欲望以公开的形式——单纯得令人不适，或相反，鄙夷公众趣味到令人咋舌。

色情是唯美主义偏爱的主题，施蛰存在 20 世纪 30 年代就写过《小艳诗》，在旺秀才丹的诗中我们惊讶地发现某种香而软的质感复现了："我从圆锥的底部往上看／我看到几只玻璃瓶静立在那里／美丽的女郎站在它们旁边／用柔和的灯光擦洗身子／最隐蔽处／两只雄蟹轻嗑瓜子／急速地吐皮／喷烟／从最隐蔽处往外窥视"（《咖啡馆里》）。他或许受到波德莱尔的影响。早在 1983 年，《夏雨岛》第四期就通过石达平的论文《李贺与波德莱尔的诗歌》披露了钱春绮先生翻译，尚未结集出版的波氏诗歌片段。

诗歌成为某种生活方式在夏雨诗人的交往中留下了不少趣闻，那是一个诗歌和友谊的话题，混合着机趣、荒唐、幻想和空虚，似乎证明了王尔德的理念：生活是对艺术的模仿。谁有才华谁就可能成为我的朋友，不管他有多邋遢、多不懂世故。愿意"在龌龊场龌龊个够"（奥登语）是个人的事，但写诗需要天赋，也需要同伴的刺激、竞争和反馈，在这件事情上我们都是严肃的。我们的盲流风（或波希米亚风）后来传染给了更年轻的一代。我可以开出一列长长的名字，这里只能从略。"诗可以群"，"诗人皆兄弟姐妹"，我们的自我教育若没有诗歌将会怎样呢？或者说诗歌没有整体文化的宽容能否自然生长？能否转化为全社会的财富？原创性的危机正是全社会的危机，不是别的。

在夏雨诗社存在的十一年（1982—1993）里，陆续自印出刊《夏雨岛》十五期、《归宿》四期、《盲流》一期，编有诗选《蔚蓝的我们》和《再生》（原名《寂灭》），诗人自印的个人集不包括其中。这个清单大体可以体现历届诗社成员的集体劳动，我主观地希望，"复活"后的新夏雨诗社的年轻一代愿意视之为一笔小小的精神遗产。迄今为止，夏雨诗社为当代诗坛贡献了几位有分量的诗人，从这个"流动的飨宴"出来后，他们没有放弃写作，没有被流俗的漩涡裹挟，尤其是社会向市场经济转型所造成的人文领域巨大的落差没有夺走他们捍卫诗歌的勇气，这些都成就了汉语的光荣。

三

夏雨诗社在 1993 年停办是有象征性的，20 世纪 80 年代的金黄已远逝，接下来是碎镜里的水银。客观性、现实感、稳定和细微的经验叙事代替了单纯抒情。诗人应该建立起什么样的信念成为一个需要迫切面对的问题。最后几批在校的夏雨诗人，如旺秀才丹、马利军、陆晓东、余弦、周熙、陈喆、江南春、丁勇等都在写作中寻找精神突围的可能性。历史大事件、真实的而非想象的死亡拷问着良知，尽管诗篇还不足以承载现实的重负，"诗人何为"的意识似乎已经觉醒。

一些已经毕业或离校的诗人各自经历着写作中的孤独净化，以某种向心灵城邦致敬的方式相互呼应。马铃薯兄弟（于奎潮）的《6 月某日》写得克制，诗中的观察者对自己把肉眼看到的、擦过天空的鸽子"当作欢欣的事情"感到自责：

生命匆忙
像造机器一样
造爱

只有这些生灵

在天上不安

一个闲人在窗前

无言

　　意识到言说的困难既来自外部也来自内部，写作的策略必须及时调整。20世纪80年代中后期夏雨诗风中最显著的自渎性的身体反叛，与西方后现代主义的出发点不谋而合，根据伊格尔顿的观点，"身体变成了后现代思想关注最多的事物之一"（《后现代主义的幻象》）。1989年以后，虽然娱乐业兴盛，身体却失去了狂欢性，像被动句式代替了主动句式一般，"一个含糊不清的客体塞进了肉体的客体"（同上）。"造爱"也沦落为与爱欲无关的机械制作过程，在此类伪装的陈述中，某种寓言结构和新的含混出现了。在黑暗中守灵的形象在张文质的诗中一直若隐若现，历史哀悼与个体危机的救赎主题相交织，使他的咏叹时断时续，凄婉的声调中跃出某个句子，令人猝不及防。《已经两天，我等待着在我的笔端出现一个字》这首诗就传递了转型期的苦闷、无助和寻求信仰的隐秘心迹：

今夜我在一个古怪的梦中，看见断头台落下来的刀片在离自己脖子仅有三寸的滑道上卡住了。又一次我听见生命的低语，宽大的芭蕉叶静静地翻卷起来。

这里我们既可听见卡夫卡，也可听见荷尔德林的回声，它将"哪里有危险，拯救也在哪里发生"以卡夫卡的方式隐喻化了。任何人都没有权利对一个梦强行索解，何况"断头台"与"芭蕉叶"在现实中根本就难以并置。诗中主体的坠落感还可从"必须有一个字撑住不断下陷的房屋"获得，诗人强烈地感受到写作与现实、词与物、灵魂与肉体的脱节。个人价值观与时代的总体趋向不可通约甚至相抵牾，区隔不可避免地发生了，写作只有在质疑中才有可能重获意义，此时除了终极事物，没有别的可参照的文本。"必须有一个字"成为安顿一切的基础，否则精神就无所凭依。从形式游戏向内心生活的还原是一个严肃而艰难的抢救工程，文本的殊异性造成阅读的不适和晕眩感，有时是隐微技艺使然，有时则是经验读者处于同陌生语境绝缘的状态。

吕约的诗往往运用中性词汇和精巧的反讽处理严肃的题材，她似乎不喜柔弱，偏爱尖锐而智性的幽默。《诗歌不知道自己已经死了》将一场"诗歌国葬"安排在高尔夫球场，为了制造出一种间离效果：

> 葬礼上，一个孩子发现它的眼睛还在眼皮下转动
> 但它捐出了自己的眼角膜
> 所以它将永远看不见自己的死亡

你可能会将这首诗的构思与从"上帝死了"到"作者死了"那个语义链联系起来，但我觉得它的形式更接近卡夫卡寓言。诗歌并没有死，它只是成了双重的盲人。

了解真相的人，因不能说出而受苦，这与那些将诗歌当作生活调料或故作轻松的态度是多么不同，而与市侩则有着天壤之别。我想再次引用薇依的话："我们的现实生活四分之三以上是由想象和虚构组成的。同善与恶的实际接触寥寥可数"（《重负与神恩》）。正因如此，大多数人的沉默是可以得到宽恕的，唯独诗人在关键时刻对真诚的背叛应视为可耻。

诗中的"我"并非现实中的真实受难者肖像，而是高于自我的另一个。他被孤独无助的人们所注视，他或是本雅明的历史天使，或是传说中的得道神仙，或是终

极者，你可以用想象去延伸和补充，只要不是出于谵妄就行。但或许最重要的、值得我们铭记的事情是：有一个可将"真实的秘密"相交托的"讲故事的人"，那故事如鲁迅所希望，将是一个"好的故事"，因为"发生的一切都将是神的赐予"（荷尔德林）。

宋琳

2018 年

目录

有人告诉我："小丑伏在刑车上" 1

清晨事物 2

从惊梦中醒来 3

没有一匹马住在我怀中 7

众人之手再无什么技艺 9

抓住彼此的手指 11

给今天的记忆分行 13

下午，轻轻的笔触 14

如果一个下午 17

静夜思：双手合十 19

好像 27

今天骨头痛，头痛 29

在隐喻中继续生活 31

我与灰烬交换眼皮 33

鸟巢 35

从京城返回 37

一滴雨没有落下 38

晚景 40

送别 42

江边，问候朱必圣 45

给呱瓜 47

像雅姆一样等待下雪 48

提前回家 50

清明·看林肯画作 52

春天 54

一直在睡 56

午后 57

瑟瑟作响 58

后天 59

随着消失的每一天的钟 61

眼中 62

让我拨开 63

又一次 64

写给周末的顾北 65

琴弦 67

沉睡的人，睡到多久
才不像已经死去 69

凌晨在广场上放一张椅子 71

广场时刻 72

麻雀 73

祝福 75

请从失去的那一天开始 76

猜谜者 77

归家人的自由 78

心生喜悦 80

仿佛每一次 82

谷雨日下午大雨 84

在四月的阳光下 86

丽娃河 88

小天使 89

此时，此地 90

新生儿 91

晨起思逝者 92

苏州，4月29日 93

今天是花日 94

圆木 95

看宋琳的照片 96

偶然 97

睡前想到 98

沙塔 99

茉莉　　　　　　　　　　　　100

断句　　　　　　　　　　　　101

窗外　　　　　　　　　　　　102

已故者　　　　　　　　　　　103

沃罗涅日随记　　　　　　　　105

复习　　　　　　　　　　　　107

以图为景　　　　　　　　　　109

读盖瑞·施耐德　　　　　　　111

从北京返回　　　　　　　　　113

请签上日期，被犬吠惊吓　　　115

谁递过来的烟　　　　　　　　116

午后的薄皮　　　　　　　　　118

天上之国　　　　　　　　　　120

致敬，2017 年 12 月 31 日　　122

有时我觉得自己正隐隐发光　　124

安于听从，一切刚露出的喜悦　126

眼中结出了什么果实？　　　　128

仿佛我眼中一直有别的影子　　130

你来，我退后　　　　　　　　132

正在做的心鬼　　　　　　　　134

第三只眼睛一直藏在额上　135

你将很快变欢喜　136

那里，始终听不见　138

空无中的鬼符　140

继续写到心鬼　141

命门是一个缓慢之词　142

拉住门闩，烧坏的脑壳　144

仿佛就是临终之言　146

六月轶事　147

尘埃轶事　148

爱的轶事　149

蟑螂轶事　151

某个时辰　153

鼓声在天上　154

一个绞刑架被波涛唤醒　155

更像耳朵的嘴　156

问答　157

琴声压在我身上　159

你的堂上有春节之眼　160

清明　162

谁从洞中飞出　　　　　164

听赵克芳说到往事　　　166

土豆聚集　　　　　　　168

无可安慰　　　　　　　169

是罂粟使你们睡着了么？　170

这里　　　　　　　　　171

无意写给顾北　　　　　173

有人在说话　　　　　　175

像是你要给的庭院　　　177

燃烧室　　　　　　　　178

见光　　　　　　　　　179

朝自己母亲　　　　　　181

情人节的馈赠　　　　　183

已成陌路　　　　　　　185

邻人已逝　　　　　　　187

面对天空，别无他意　　189

哈扎拉尔说，纪念碑　　191

隔着声音　　　　　　　193

堵车思绪　　　　　　　195

把词洗净　　　　　　　196

清洁行动　　　　198

九月转译　　　　199

王子的意象　　　201

有人告诉我："小丑伏在刑车上"

有人告诉我
"小丑伏在刑车上"
我几乎马上看到了那一辆
死亡监狱就在我家后门边上

死亡监狱仍在扩大
窄小的窗户装饰着最后的夜晚
明天就捐给你一副面具
也许还有多余的肝脏

在面具上画一颗不变的泪水
没有面具的小丑不算小丑
忧伤的小丑也让人茫然
一大早，他就伏在行刑车上

2000 年

1

清晨事物

清晨事物的无人地带，你看一眼
烟尘走势，你的信仰此时总是最多
因为团结才能渡过难关，断裂
才能拯救患病的老人——
他们排着迟缓的队，像给我驱魔
怜惜即将错过的灌木丛

每天，数字无法排列到达的山崖
我曾是低飞的麻雀，我伪装成
草垛的一部分，我麻醉自己
不至于从某棵树上坠落——
所有的地方都保存着骨灰——
低头，你发现不了踪迹
仰望光，就能得到一个误解：
我来自何处，活泼而又惊讶

从惊梦中醒来

一

无须　看到更多
我摸着你的脸
一种习惯
使我和你在一起

如果　不是这样
还不能想到
房间空了很多
在阴雨中　音乐
也充溢着安静

二

从不害怕安静

独处　坐在房子里

再小的一朵花　也有颜色

事实上　适于赞美你的人

也适于像你一样凋谢

我说　需要

把爱作为礼物

肃穆中　逃出自己的疼痛

我分开恐惧　和同样无名的

贪欲　丢下一块包裹身体的布

三

一块布解开了身体

你很少想到　只有奇妙的事物

才能自我娱乐

随时都可以找到

橱柜　暗格　芳香的绸缎

纽扣上的四个小孔

你懂得编织一朵花

我不想看到另一朵

脱口说出时　并不知道

这是一个寓言

透过窗棂　远远地起落着

无数麻雀

四

被怜悯　因为不适

一个人或者一朵花

身体出发时　身体知道

何时停下　归于

尘土　潮湿　温热的

午后　无论你看得多远

你能看多远　也记不得
前一次的日光　和寒露
记不得自己也是礼物
曾被谁找到

2009 年 3 月

没有一匹马住在我怀中

昨天诗友朱必圣兄来访，带来了他的新作二十二首，这些寂寞的诗篇令人惊叹。

没有一匹马住在我怀中
没有呼喊停留
清晨我的耳，透明，多汁
被柔情清洗过
被一群羊想念过
其实用不着有一群
就是一只羊
我也在夜里不停地数过

我编织自己洁白的毛
像是被施了魔咒
我总是跑得飞快

再快也不能失去魂魄

再快我只是轮换着脚啊手啊

我无法形容这些身体

到底怎么转换着

发出一声声喊叫

2009 年 3 月

众人之手再无什么技艺

我们的谈话不会提及
风景褪成黑灰色的城市
提及久已习惯了它的繁衍
众人之手再无什么技艺
要去看水，无须走多远
可是我不会像你一样
念念不忘神秘的事物
即使它就是错觉
守候者对着山崖眺望时
还是会提及一些神恩
选择做一个诗人
是否在聋了、瞎了之后
他才能对尘土和羞耻说话

活过多久，是啊

那个时候

只有疯狗的语言纠缠着

谁喜欢不依不饶

这更像一个想象出来的爱者

它是看不见的，因此属于你

实际上，活过多久

你才知道暗中倾力的

其实一直没有被自己听见

抓住彼此的手指

记得赫塔·米勒所言

抓住彼此的手指

按照古老的方式

是再一次相认

这样的爱

像从熟睡的棉鞋倒出的祝福

如果你能听见

你不会在意

自己那么虚弱

人兽颠倒

站在兽这一边

闭上眼睛

在一只空瓶里

为无知无识赢得自由

慢慢后退

直到重新信赖

做一个人活得怎么狼狈

到此，你才活得容易

2012 年 5 月

给今天的记忆分行

今天只愿默想

今天只愿一个人在家的四周走走

今天要听莫扎特的《安魂曲》

今天原是平凡的一天

今天却再也不平凡

今天的清晨福州还下了一些雨

今天只愿一直是个阴天

今天我想起很多的诗人

他们记得，我也记得

今天是无数的记忆，我都记得

今天不知为什么，我特别想家

想起自己的父母，自己的乡下

2008 年 6 月

下午，轻轻的笔触

一

有一刻，你总是看着我
不管做什么
我都知道我像是某物
生活不平静
寒霜降落郊外
月亮仍在山的背面
这是你熟悉的脸
它隐去时天空暗了一些

二

一天又一天，我希望身体变轻
可以飘浮树梢

还希望变成一只土拨鼠
做个土地和黑暗的信使

三

你可以在黑暗中找到我
你用了一个隆重的词
"虔诚"——
你用了自己的身体
用了自己的血

四

有时坐在院子里
我默默怜惜
那些冬天也不落叶的树
一如怜惜自己的母亲

五

我总是写到很久以前
房子还埋在地里
我还从泥土中看着世界
天使还站在我的床榻旁

很久以前，似乎就是一切

六

"记住，一个下午
气温仍在下降
一个下午，我莫名低语
尘埃一样的哀伤"。
像记忆闪回，
一条不归路。

如果一个下午

如果一个下午，我都坐在窗前
看到光线变化，情绪往西移动
这个自己的国，每天都像对手
毫不留情地绞灭异己
就是声音，子宫和没有翅膀的儿童

教室里，我一直望进去
鸟闭上眼睛，轻轻地在光中浮动
哀怨的人在凳子上入睡
肥胖面孔生了病
谁也不知道已经病到哪里

日子重复，你还记得上学第一天
由堂姐领着一路哭泣

村庄没有人，饥饿就是一团火
烧着我的身体，曾播下的种子
现在生长在哪里

静夜思：双手合十

一

这么安静的夜，因何缘由
注视着这颗橘子
凝神的人从中得到启发
他听见自己的呼吸格外均匀

用来服从桌子上发生的
是谁的秩序
谁如此的用力
就是为了使古老的热忱
变得更轻，更轻

二

他说话时，眼睛对着
那个不在场者
一种声音，吸引我们
一起看果园中最高的树梢

爱，那温柔的一点点光
生活的阴影已经相互融合
再远的距离也为身体所属
积蓄了强力

三

静静地坐到桂花树下
细微的风能把香气带多远
花中曾泄漏的秘密
现在是否仍然可靠

有时每片叶子都有一个天使
懂得爱的人，先学会安静
爱走近时，用的是
纯银的足音

四

事实上没有什么样的屈服
需要另外学习
不要忘记最轻的耳语
纵使真爱总是来迟

一切曾经的疼痛
都会使身体承受到最后
今天沉默的人
也曾反复进行过声音的练习

五

而那个在我头顶上
不停敲打者
夜夜不让我停息
道路没有结束：
果园，我爱的四肢
现在取悦的是谁

我说的都是全然不能
忘怀的自己
所有的经历都预示着
下一个的继续

六

当我打开窗
斜坡上的灯光并不凝重

我不知道心底多少的怨恨
才使你与爱错失

相信命运
就意味着随时找寻启示
一只鸟飞过天际
你的心颤动了无数次

七

所有的怨恨
是否真的难以消除
一点点的自由
消磨了身体敏感力
也许，曾经动人的容颜
决不像今天我们从斜坡上
走回时所见

如何想象十年的特洛伊

竟不能使海伦变丑

或是对生命失去忍耐

我靠着窗户，把自己当作

下午倾诉时的听众

八

你要听到的并不是哭泣

一棵树曾使我失去

对斜坡的想象

昆虫的歌声越过了寒冷

黄昏时，我正坐在乡间庭院

我总是要在自己心间

留下一只蚂蚁的耐心

是否有过这样的时候

所有的问询都令人难堪

我们正与瞬间告别

飞逝的时光，你寻找的慰藉
已经比我们更早凋谢

九

从斜坡走下的陌生人
不会出乎我的意料
整个下午我就看着这棵树
有时过于忙碌的生活
使回忆也折断了连接

只有爱能够提早结束生命
死者一遍一遍冲进现场
我们多么在乎自己的翅膀
我试着扇动几下
我是自己记忆中的景致
现在沉默把我们融成一体

十

每个寻欢贪爱的人啊
我怎么辨别
你掌纹中命运的暗示
如果真相并不让人喜爱

我们闭上眼睛
是否就能得到休息
夜晚出现的迷惑
是否在清晨时
你就可以与之对抗

每次对着一根白蜡烛
空空的手，不停地合十
火焰的舌头仍在说话
能够克制的，又是谁的不安

好像

光线和阴影笼罩新鲜的水果

景物的一部分被格外眷顾

它在那里，蜕去羞耻

肚脐就像盛开的菊花

离去人的印迹

已被记上姓名

缺乏睡眠者仍在垂泪

中午的芳香

一如去年骨灰中的呼吸

变得浓郁——灰暗

在那里

爱是安宁

缓缓地跟随

目光的室内剧——自由——独白
我们依稀看到暗黑的脸
门框上装饰物
朝着我闪烁

清晨起床看到
挂在树上的纸条
水壶、算命的纸牌
一些布偶——盛装的小姐
吃着果子，又把自己的私处
面朝阳光，一本书读到哪几页
有紫色的花朵出现

不远处农舍上仍有光圈在追逐
窗前夏天的树
逼真得像哪里见过

今天骨头痛，头痛

今天骨头痛，头痛
无论哪里，都隔着皮肤
有只狐狸曾在博物馆
看到割开两半的艺术家
自己的样子，玻璃一样闪耀

六月，急雨。疾病一场又一场
掀翻的快车，道旁迟到的祈福
你是送给了谁？是谁
说着明天吧，明天仍然
悬挂在屋檐下，旗杆边
就是一台新式的绞首架

谁曾经为它吟唱过赞美诗
我花了数周时间

研究怎样在风信子上签名

辨别狐狸的情欲

是否影响到早起操练的人

它的前生声名显赫

现在仍表现得从容不迫

在隐喻中继续生活

我要求在隐喻中继续生活
我说"自由",指的不是狐狸
我嗅出它藏在一页书中的气味
它提到自己曾经楚楚动人
香草编织出下半夜
花园的痕迹,性感的盔甲叮当响

六月,先是一道篱笆通过
耐心的稻田,我坐在那里形影孤单
如果还有故乡,我已去不得
如果还有美人就如珍珠遗落
我说的是,一个词,一个低音
总是让人忘了时间仓促

那条和你共度的街道

沉入黑暗前延伸向哪里

有的人，只适合午夜时开始问询

因为答案好像都用于恐吓

但今天，我生活在隐喻中

我变得很白，白得像是灰烬

我与灰烬交换眼皮

我与灰烬交换眼皮

新粮正在空中形成

用不上鸟形注视

无论如何我都不能理解

对面伸过来的脸

我问自己

如同每一次掏出手指

呼吸困难

继续呼吸

逃亡者回到这里

沮丧总是要挖出装得最像的人

兽皮相互模仿

藏在石头里的一副死相

有的人已经死了很久

四月是什么时候

紧接着是五月

数着日子就是数着

一天比一天深的糖

我要从哪里舔食

我要倒过来看

羞耻在未来保护着我们

2012 年 5 月

鸟巢

死者的火烧得通红
无论来自何处
始终都像在叫
跃上更高的地方
又跃入俯冲的河流
如此生动
在盐中相逢

有人说它让我等着
学会再一次的仪式
海永不会死
它不会变得更空洞吗
一切欲望也就为了习惯
你说这些时对着饥饿挤出奶
张大的嘴也能自我庇护

提前交出它记录的心

心知道的要多得多

2012 年 5 月

从京城返回

数着无数无名之名
早夭者，你不是最后一个
持续的无言
尘封所有惊恐的嘴
现在，你不妨直说
无论说了什么
身体是禁闭的
被清洗过的世界
是否值得信赖

京城在上午开始落雪
夜晚，天空红白相间
越深邃处越黑
扶着车窗，看啊
返乡的陌路人
你带走了什么

一滴雨没有落下

是的，不应该放弃乡愁。而我们必须为已故者哭泣。

——艾基

想象的，亦即消瘦的事物——
可能是雨滴
一般不会落在这一日
当它尚未出现时
哭泣模仿自身
从黑暗中带来的惊讶

雨的缺席，是因为缺席
在此时比较常见
不在场的人显得很安静
比如空出的一张桌子
你站在那里眺望的窗口

比如，艾基曾在诗中提及的
"昨日之鬼"
它低飞的翅膀
你一般来不及看见

我想到——"眼神"——眼睛之神
这是怎样的天使
她说过自己日夜所见吗
因为她参与到死者的生命之中

死亡，曾是不存在的存在
现在仍是，冷酷就是
使一切不可见
不过因一滴雨或者泪水
开始自己的相信

2012 年 6 月 4 日

晚景

晚来的比不上更晚的心痛
我曾经躺在草丛中经历
大地的漫游，我并不知道
对云朵的喜爱
使年景变老

卡瓦菲斯说
经常回来吧，在夜里占有我
当嘴唇和肌肤想起

能够想起的，已被掰碎
你可以揉捏出另一个
仍用旧的名
吐一口真气

身体的记忆回到肌肤和嘴唇

这饥饿的烛火

2012 年 4 月

送别
——悼念杜沈红

一

好久不见，惭愧
这需要什么颜色涂抹
找回像是不是人的感觉
即使爱上其他事物
随时随地藏起来
比如一棵树
现在和我有什么关系

已经用力展现
百分之一中的一百
仍是生的疼痛大过
枝丫上空的星辰
我们中间失去者

借助疤痕

变成木质的一部分

可是，要去哪里辨别

瓮中的沙子

要对谁说出内心的躁乱

好久不见——其实是再也无法相见

如果你只能信赖睡眠

数来数去，你又如何

把所有的沙子数一遍

致敬，向自己，我的亲人

向不在的人，为什么？

向注定活下去的人

二

如此——便是度过的某一天

在迟钝中静下神

失去味觉，我害怕地死去
一只臭鼬仰着脸，把回声留在
原木的水滴，我看见的芦苇
风的新娘，从江那边延伸到
我的嘴——她爱我，她们
每个人都像另外一个

如果有一把斧子——
受人尊敬的下嘴唇
会使藏匿的光释放出血
如果仍然热爱——
即刻从写着名字的书本，壁龛，停尸间
抽出那一个"是"
清晨的身体，痛苦弥漫至深夜
没有，没有一点声音

江边，问候朱必圣

作为一种祷告形式的写作

——卡夫卡

那条江一直明亮丰盈
远远近近看着，心生欢喜
它是很轻的绿
是爱自己的爱神

爱有什么限制，问过你的
指尖、双唇
爱到肌肤
才能对付风湿和别的病

时常有人住入它的阴影
既不为听它的声音

45

也不为饮它的水
看它怎么赶自己的路

尽管如此，他仍是
爱的一部分，千言万语
他为选择的字眼所伤
伤到只能，不停地嗫嚅

他不知自己如此
不曾想及应如何
那个时候
他也曾像一颗
自己所模仿的水滴

给呱瓜

那个你，失去睡眠的漫游
今晚害怕任何字
如果不开口，显得更傻
开口时，雪的牙齿
咬着自己的尾巴

而灌木站在蚂蚁背后
它爱过飞行吗
它的武器，是你属意的
无声

2009 年 10 月

像雅姆一样等待下雪

像雅姆一样等待下雪

他总是坐在屋子里，抽着烟斗

怀疑自己是在另一个时空

望着窗外，天已经足够阴沉

梧桐树变得很安静

好像划一根火柴

就能点燃

这样的念头，只闪一下

也让人惊讶

他说无论哪个冬天

都是重复，一些奇妙

不怕你遗忘

身体会带回你的感觉

如果你坐在屋内

看着窗

等待着下雪

下雪或者不下

其实并不重要

因为隐藏在天空中的

是深爱的心

是每一次哭泣之后

神赐的一段宁静的时光

提前回家

赶快睡觉吧，趁眼前还没出现幻觉
默不作声的出租车穿过
无数延伸到黑暗的街巷，低语
是潜伏的革命者，而革命早已结束
每天蜕去的病容
其实难以确切算计
要活得滋润，先得有一个
用得上力气的身体器皿
助人睡眠的疲倦是远方归来的
使徒，熟悉的浪子
如果他站在床前，你什么也不要说
目光低垂，傲慢得像看到自己
每个城都有固定的统治者，舌头肥大
会苍蝇的语言，几声嗡嗡
——想到这里，你暗中发笑

现在连夜空也没那么黑
你站在树影中，风晃动你
黑色的车已经缓缓驶近

清明·看林肯画作

怀揣帝国秘密的人
布满尘土的硬壳，红绿图案
像一个个不得不死的婴儿
偏头疼中，要毁灭于装模作样
来到城市荧屏对灾难做出解读
死去的人，死不足惜

千百万的灰烬，最后的白色
刺上文身，从林肯画布上划过
一道收不回来的线
郭莲娜是个男人的艺名，她说，他说
现在的爱，短如一次溺死

在先是熟悉，进而失控的急驰状态
将拇指压进签名手册

新的图谱

现在就留在各种颜色上

春天

始终如一，画出迷幻的圆圈
愚蠢借助南国之春而蠢动
我们用肠道、呼吸道、肛门
筑构回到未来的汉字

一是一以贯之，命运的囟门
轻抚时，你可以感知它的柔嫩
所有的动，都是活物
惊慌时，眼神涣散，我们的敌人
从上而来，从下而来，向各个
身体通道派发新的祥瑞

死于肌肉酸痛，是简单的死
先是头疼，再是全身不适，疑患重症肺炎
高烧不退才能看见颅骨裂开

我们通过白色云朵与上帝说话
通过胸腔镜看到小小的"是"，在内心
通过粉末确认了碾轧与焚毁

一直在睡

我已回到家，一直在睡
一条没有别人走的路
通到床榻，收拢身姿
呼吸顺畅，才能做自己的礼物

它是，翻卷无声的白色
没有承担的无数只手，来吧
你的安慰直到融化

你的，想象之床
你的兄弟的翅膀加入进来

午后

必须热爱桌上散开的光线，

多日相伴的灰尘，

如果时间更久一点，

或许它就有一种关上门的味道。

我一般等不了这个时候，

我伏身用老花的眼睛四处盯着。

旧信封上写着：此信不投，

笨重的字迹涂了又涂，

不多画几道线说明不出强调。

爱一个人，总会设法再和她睡觉，

这是托马斯·曼的句子。

"等到老了，你更喜欢相互摸一下，"

则出自约翰·海因里希·菲斯利，

我偶然读到的瑞士艺术家。

瑟瑟作响

我停下来时，因为对一丛竹子的爱
已经用完——对应着令人不适的车程
我的迷途是从呼吸开始
有时随便哼出歌词
就像生在裂开的伤口
所有仍然活着的孩子
你说要飞翔，你要蹦出
自己的豆荚——

所有的词也死过一回
洗净咽喉，口腔，唇
重新去体会甘甜——是的
轻吻，仿佛水下面
马上荡漾开看不见的世界
竹子，树的影子
仍然是瑟瑟作响

后天

下午我会想到那一日。唯一的
离我很近了，有时我又觉得
只有这一日，我才能摆脱
自己的心痛。就像罗马尼亚谚语说的
——痛中才有解痛药

所有的一年不是始于这一年
后天不是这一年中的一天
因为绵延，你分不清无限性
你看不见每年都在死去的脸
你把家乡的花叫作茉莉

你的白是洁白。你的香用来招瑰
你是故意的。健忘，唠叨，逼迫

因为你背着的木头来自北方之北

你把自己打开，拆散，弄得到处都是

笨重的样子，越来越像北方的死神

随着消失的每一天的钟

随着消失的每一天的钟

我好像用声音测出时辰

喂——从没有过

轻松下垂的指针

大多数的词

都是语义重复

它们说的是一样的

具体性

你可以自己分辨

其他向前或倒退的背影

人人都能预见未来

远离哀悼

除非藏在声音里

远离节日

除非你扒在哭墙上

眼中
——致朱必圣

那些轻，天然留在我眼中
那些尘飘过多久，现在要让
我流泪吧，我只洗
自己的衣裳，只求自己的福分
从船上下来，就到你的家

为了从你眼中看到山崖
有人在那里报过喜
城墙塌了，从非时间非家园的机械中，
预言者年长我们好多岁
现在他的呼吸也变了

让我拨开
——无法避免的相见

让我拨开——无法避免的相见

那个满脸都是眼睛的人，曾是我的弟弟

他经过时，无声无息

水下世界每一重

都有不同的反光

湖中的锈铁，被谁提着

我的脖子滚烫

对生的预感就是

是的，我在，我用没有流行的语言

我坐在那里已经够久

窗外翻滚的云雾

没有改变，无论谁说过，我都是第一次说

愚笨地喜爱着重复

谁对此还有疑义吗

在夜里，所经历的一一回响在门洞里

又一次

再也无法挖掘的土地

你仍然可以对着歌咏

你辨认自己的声音，不要

露出一丝胆怯——就像

从前那样——星辰继续做着你的母亲

我的家也在西边闪耀

为了我握住的手指，暗暗用力，正在痊愈的爱

已经变得陌生

什么样的解药（有时这超出

我的承受力）

不安——低声叹息——又充满了

温暖？

写给周末的顾北

周末我就上山了，危险

仍留在山下

距离测出忠诚度

对泉水，对草木

随便找一块岩石，注视

越久——纯洁之美

越让人不安

我也相信世上有种愚蠢

人人可以看出，越是这样

大自然越是束手无策

有时就是山风把我带到

无言之中

我像是草丛里，正在爬行的两个小小的触角

现在我没有什么要信从

而是一退再退

摸着树时，耳朵贴得更近

心音在半空

说出迟到的家的话语

琴弦

如果要通过爱物
辨别所在的世界
我将选择一个瞬间
像风从自己居住的村庄
飘过

看到潮湿的树枝
迎接海的豁口
友爱的炊烟，如何像
大地的琴弦
空虚弹奏自己的空虚

最需要的停顿——总是从
心底开始

愧疚——微弱的低音

一个小洞，你看不到的

幽暗通道

沉睡的人，睡到多久才不像已经死去

沉睡的人，睡到多久

才不像已经死去

置身何处，才算离开了诡异之国

头顶上的星辰，一直告诉我此时此地

谁也逃脱不了

就要听见的声音

肉里发出声音的器皿

器皿中一年又一年的黑暗

我着迷于剥开层层糖纸

哦，多丰厚的甜蜜

仿佛每一个人都是

祭献的供品

仿佛等在熟梦中

捕获一个无边的走廊

凌晨在广场上放一张椅子

凌晨在广场上放一张椅子

我才知道时间过了多久

舌尖毁了我心觉

奇怪的车队缓缓地驶近

右边正在浇铸头像

左边的建筑已经融化

微弱的声音从地底下渗出

我看见天使在树梢缠绕

每棵树都带着自己的秘密

谁在那里长长地

透出一口气

广场时刻

清晨做个不哭泣的人
有多难
每天都是广场时刻
放大的钟催着我与未来的
自己相见，更矮更卑贱
是因为身体一年
比一年缩小
没有人借给我额头
允诺所有的恐惧
都能得到一个吻

这个夏天需要双倍的力
我一边提示一边又加了盐
没有到来的日子让人惊奇
尘土还是尘土，钟仍然
挂在城上

麻雀

我身在何处，此时

怎么看到你新长出的翅膀

变化让我无话可说

不变的感觉就像一群麻雀

得了什么样病，散乱的颜色激起爱

只有低飞的，散漫的

别再念及，我坐在床沿

天庭的每一个人都是歌手

孩子们显得很惊悚，他们看起来像谁的替身

每个人都披奇怪的衣裳

不要分辨什么，用不着交换彼此眼神

他们每一个消失又浮现

他们是用声音托着没有的任何东西

靠近光的诱引，凌乱如泪滴

来得太晚的安慰

这样不舒服

祝福

再走不出了，北京
有福了，层层叠叠的每个数
每个故乡——异乡，侧面朝着
每个数的异数，吐絮的嘴
活命要紧，活着就是
怀上各种杂念

举杯共饮
杂碎般醉过的心酒
生活无非相同于前一日
无非学会嘴硬
举起手，赶着自己的顽疾
如果分离，影子也无法留在那里

请从失去的那一天开始

请从失去的那一天开始
从找寻中的异乡去确认那一块
墓石，没有人相信它还在那里
光临黑暗的家，无论它是否有自己
名字，它怎样被洗得洁白
越是从遥远之处，越是能够亲近
湿润的嘴——像是从前乡野的烟尘
带着劳动的气息，可能谁也无法辨别
谁都已经看见

你所见的，便是所有的积蓄
仿佛一次就给够了
剩下的就是一次又一次地
相认

猜谜者

猜谜者，我朝她眼睛看去

空洞如故事还未开始

借助一些声音和文字

我们接到密令

先是猜中自己是谁

又对发生过的一切深恐不安

大难是否一再临头

谁的嘴说了才能算

我们其实并不知道，我们

要等已经发生时

才记起早先曾经从一块石头中

卜知的，这就是命

经得起不断重复

归家人的自由

来了

无法复原的伤口

却又隐而不见

人们把遗忘当作记忆

把一遍一遍洗净的砖

当成装饰品，再无可丢失的

每次在黑暗中的飞奔

你还在，在天上有的是时间

在所有路中选出一个

早已改写的名字

在被叫醒之前，已变得有毒

不再把石头搬来搬去

我在庭院，听到众鸟齐唱

沉迷有毒，也已洗尽热情的身体

再没有谁责怪，归家人的自由

心生喜悦

暴跳的雨与乖戾的动物之间
隔着玻璃窗的夜晚
无论看多久，它都不会
跃窗而出

习惯坐在桌前的人，只有
想象着一天比一天破碎
又想象在一件可怜的事情上
找回目的感。屋里的树木
开始生出无数鸟鸣
仿佛聪明的大脑
生产自己的钟表

多说无益
一直在说的人，有绝妙的

喜庆神色，他盯着

荧屏中的你——这是真的

他的问题只是，"从此以后

你的每个夜都是难挨的。"

仿佛每一次

仿佛每一次
都会说，看见大树
我总是盼望被收到它内心

或许这是上主能够做的
它会嘀嘀咕咕
对我耳语：下一次

大地上飘香，又过了一个季节
更多的爱变得饥渴
春天由动人而黯淡

谁会暗示，五月变成六月
骨灰色的月份提早了，只要有雾
就有它的味道

受困的身体已经抵达，它的心
分成很多枝条，一张睡过的床
现在也被树所吸引

在树影中，受到庇护的睡眠
要多久就有多久，没有
中断的祷告，要多久就有多久

谷雨日下午大雨

雨下得如此猛烈，出自谁的需要
上帝的心——一种空无而
坦然，最终不会有人记得
直到又一次——如梦初醒

我走过广场，那里无人
街道上所有树木备受瞩目
旗杆变得很狼狈
我一直忘记这一幕
不像我们的人群中
任何兄弟

明亮时才想到幽暗
像是要藏身于天使身体
只有对它，渴念不能停止

越是微小，越是放纵

白光毕竟改变了时辰
旧城放大自己身躯
庆典还没出现，我在想
什么才算是？这不能着急
正像艾基说的，每一个人都会
等到

在四月的阳光下

每天看花，竟忘了它有多小

情欲六角形就是六次

不像只有一次

心的孩子把脸留在

树形火焰里

人们不能为花的命名

乱作一团——别的苦痛

同样被哀悼——放大

身体的痕迹，是一种理解——刻印般

你抚摸，屈服于手

想象才是有效的治疗

花的精灵

属于眼睛

欣赏专注如一

接下来就进入了这个循环

丽娃河

对雨说，你的都是我的
桥两边看水的人也互看
鸟影一般掠过的真的鸟

感伤出自银器，擦得闪闪亮
我握在手头上只为了握着
听心的低音

小天使

翻动毛茸茸身体
她的脑中是不是有一个旅行者
无论去往何处，每天的
嗞嗞声响和快乐搭上关系
每个小秘诀标出
一部分甜，现在

微雨，街道掌握着旧城
中午的色泽，骨架用不上力
没个完的碎念来回穿梭
暗影、门窗、窗上的细草
所有关联物，都嗞嗞有声
洁白的牙齿属于一个小天使

此时，此地

"这场戏完全出于主观"，所有的戏
都曾有灰烬的气息——我闪过这一念
是在鼓岭上，身体久久不动
屏息的感觉吗
远处的城拖着昏暗的长裙
弥散的雾怎么有点惊恐

那里不是我的，布拉格，
那里不适合致意，向着看不见的人
那里的时间被消解在一个字上的人
就像被一场大病催了眠

新生儿

生在被树覆盖的村庄
是为了尽早遗忘
找到合适的词，
增加一片树叶
共同组成没有分辨力的
巨大阴影这一次
你又胜出——
所有的门窗都打开

苦难会渗到地下
晶莹的光泽，隐藏着陌生物
危险不算数，因为
从蚂蚁身上可以观察各种生活
就如从马槽看到一直
寻找的那个新生儿

晨起思逝者

并非要说出厌倦，人有一死
愈发好奇的只是知又何益

有人走，灯亦灭，走马灯
如雪中窒息的眼
不如在冬天到达前，读买来的书
我知道病者，字里满是愧疚
老鼠窜动，同样的饥饿——
生命不值得称赞，你来不及
说出，你是自己的暮年

死即是死，没有声音渴求回响
没有清洁的风
没有，开或者合

苏州，4 月 29 日

要有足够的梦，足够的空白

学会哭泣——上午我对着茶杯说这些

口里，涩而甜，更淡了

把手背在春天明媚中——

有个人好像替别人去死

她来临，敞开，

有个人，是纯白——陌生物

多疼——你记得越细微

越像出自偶然

在姑苏，出自偶然——

倒过来看着天，长久的，寂静的

自由的，美的，贫苦的

今天是花日
——给恩恩

今天是花日，湖水映现

天真学校，什么样歌谣

适合产生这么多信仰

二年级女孩有棵高大桑树

她对着的窗户停着斑鸠

一个幻念世界闪动的轮回

到了四年级才变得玩世不恭

她是陌生物，要打开三次

至今仍在半明半暗的祈祷里

相信变为沉默，在花园的某处

欲言的嘴唇——穿过自己的光

圆木

赵赵说在我的诗中

有一根圆木

好奇怪的念头

却不突兀

因为这样想时

我受到鼓舞

哀愁之声或者难忍的

孤独，都是人性

而圆木只是足够硬

至少使我现在看上去

像另一个自己

看宋琳的照片

在国家的某处——写出这个句子
就带出了一种寂穆——这是不可想象的
我停留纸上，又以耳语的方式
告诉你，一个人走下山的姿势
适合远远地注视着
无论上午还是傍晚
都可以看到山的轮廓
淡淡的天光浸入大理城

偶然

一个天使带给我的，
现在更接近了一种新解——寂寥时辰
不用绕到石头背后
人们的经验装点看到的
有时这边，有时那边
你背负口舌之重
一个上午经过了三次迷失
白银，一样沉默

睡前想到
——由艾基

大地的门窗，幸福暂时存续

往里看或者往外看

生命无价，生命危险

眼前的榄仁树用地下的根

招魂，细细碎碎

人群中我是否有这样的兄弟

——看啦看啦

全部的光没有装饰

无论白昼与夜晚

不应该忘记的乡愁

也瑟瑟作响

沙塔

身陷沙塔，朝着相反的方向
旋涡般带走先前看见的
花朵中曾有的心
把耳朵贴在地上
随着起伏
你爱写，无从辨认的手影
似乎也把自己的梦——离散的身体
托着。你是
和他们一样的守夜者
你的话，无人在白天
听见

茉莉

有多少疼痛，就有多少花瓣
我不是数数者，我常常头晕
错觉帮助我辨别不理解的那部分
不期待痊愈，脑袋中不停跳跃着
更多白色，我把乡村生活唤作焦灼
我把早起的人称为
圣徒

我的光闪耀，我就会学着爱自己
时间太迟了，我不知道
如何回答

断句

停滞是一种美德，旧布匹
也各有所爱。左边——磨刀人正在用力
人们每天都不缺呓语，唠叨，癔病缠绵
身下的木板带我去的方向
吼叫—— 一种人体的常规练习
"你不能用情色改变命运"，那么
令你着迷的又是什么？

从未想到在教堂醒来，因为
无依托，无用，无痛苦
正如有人低吟：天光很好，无精打采
每个人生于身体，曾经闪闪发亮
做成干净的伤口，以保持礼仪
风一样——然后，谁问了下一句？

窗外

从黑暗中，你听到什么
车轮的哐当声，传来旧的世界
身体不时颤抖一下，夜气
贯入游走的神经，等一等
还不是时候，呓语推着我
看着窗外，没有人知道归途
为什么写着……幸福

还不是时候，寂静放大了
对两耳的腐蚀，一个人
坐在铁轨上，眼睛直视着
自己的末日，纵身一跳的梦
回到迈开双脚的那个瞬间
用力地爱，有人蜷缩成一团
如同不停摆动的钟

已故者

已故的人可能就是停在
我桌上的尘埃，我看着它
它是否也看我，我想象
我比较有耐心，顺着读
才是真正的童话。如果一朵花
在下午显得很可怜，你就爱
清晨的。漫长的上午
阳光古怪极了
谁都不要否定这一点

新生活开始啦
船顺流而下，越过闽江口
为了望见死去的人，湛蓝
在瑟瑟发抖，看啊
一个岛原来在水的下面

欢乐的无知者，那里
梦想的庇护所
那里，诗人的嗓音冒出水泡
在水下活过的人又回到
我的怀中，从我背后
露出从前的面庞

沃罗涅日随记

沃罗涅日，一个湖的锈铁在
阳光底下，不相干的
联想带出的恐惧已经望不见
用脑收集幻听，像爬上树看鱼
我的影子前面，得到治疗的心
不允许自己变得轻松，
也没有必要对此视而不见

那些声音自何而来
渐渐呈现出字与词，必须
再做调教，才能分辨
早已形成的韵致，
有的人终身在听
有些器官不停地遇到所爱

如此，嘴唇安慰了舌头

轻的声音回复着

喧闹的一条沙路

复习

双唇嚅动

寻找安慰的疾病之词，实际上

是倾诉，就有一只耐心的耳朵

他坐在那里，在崩溃之前

陷入忏悔的迷乱

已经很久的事，常常无法记得真切

轻轻抚摸，深入看不见的深处

花一般，用嘴道出

他的灵车将在脏雪中到达

不速之客，不是一只燕子归来

享受敲门后的寂静与心跳

享受一只猫扑到你怀里

说故事的人是一服药

声音中有露珠，天使来时已晚

继续在她看不见的天井上空飞翔

这个失败的黄昏

以图为景

你小心，他们要收养你

禁绝之地看上去，可以诅咒十遍

没有人说出自己的隐情，幼狼

露出早就燃尽的烛台

纹饰上的生活，肥胖手指翻开一页、一页

猪的天国，抵得上我们飞过的梦境

所有倒影都在那里，旧木栅

光洁得让人不敢相信

也用不着任何改动和注释

患病的人恋上幽闭、云层、灰烬

他收集冗长的食谱

身体如何碾磨，一幅沥青浇就的睡眠图

变老、变笨、变得无所不能

他恐惧一直不死，仿佛典籍中一个斑点

当你走近时，他说他按规定生活

是他控制着规则

读盖瑞·施耐德

生而为人多稀奇，人却苦于仅仅
成为人，一早我无心发出
赞美。我站在街头，接马铃薯兄弟电话

施耐德，你收到了吗？背景中他那里好像
着了火，"我在读，我愿是
冻土上一枚冻坏的臭蛋。"

这个给我寄书的人，是我大学同学，
我已经习惯称他"老于头"，
他却叫自己"马铃薯兄弟"
好像他幻化成了一支队伍。

黝黑之地，生生不灭，

无数种子，我们一眼就认出。

没有什么内伤值得警惕。

没有什么事非要上午就做完。

从北京返回

天蝎座的病人感到窒息
寒冷来袭，他的心脏冻得奇怪
每天三次
再无法恢复安静，在头朝下的
深水区，更早睡醒的人
手持蜡烛，沿着村庄
双唇嚅动，就像说出来了惊愕

忍受一切，才能变得轻率起来
喋喋不休是什么样的不祥之兆
空气吸收了一切残忍
没有告密者，谁都看见
身前之地如同我们睡过的
我们为此感到骄傲，
气喘吁吁，含着泪

眼疾者，其实看不到自己的陷阱
等待一个句子落地，早春的安慰
在枝头闪现，另有一个人
遭受着折磨，他听见歌声
不停缠绕，向谁祈求着怜悯
镜子中直接、低级的幽灵
也终于回来了

请签上日期，被犬吠惊吓

请签上日期，被犬吠惊吓
苦于无处安身的夜晚，一个人
哆嗦着告白，他的死期将近
因为他宁愿销声匿迹
以保住自己的舌头，他不是从
沃罗涅日出发，而是从北京
他和你我的影子叠在一起
他说自己的名字就是一个刑期

没有人伸出手，如果你看不见
如果不抱希望，你如何伸出手
无论依赖谁都能活更久
一张通行证，使空气变得安详
多一些幻觉实在很不错
一个人直到死，都照看着自己

谁递过来的烟

谁递过来的烟含着曼德尔施塔姆

骨头意犹未尽，一缕泉水

出现了一次真正的治疗

有人很少胡乱思想，有人睡很沉

关节比在黑屋里舒适很多

我们习惯喝下大量的甜，为了

踏上的路，就是和生者与死者

都保持着联系，"现在我又不是疯子"……

不够疯，才冷。那个人其实

和谁都不熟，贫乏，苦独。即使

后来他没有说那么多的事

他仍是肥胖者，爬行虫

他献上的诗，递交……宫中，领袖

伤寒病人、痢疾病人，在我眼里做了

多种预防。头发被剃光

循环性精神病，更容易与医生成为兄弟

他说抵达，就是已退出，攥住磨损的

出生年代，成群结队，飞蛾变成火的隐喻

只有你掏出护照占卜未来

午后的薄皮

午后某物膨胀，应许街面上穿梭
的铁器，带往何方才不叫厄运
耀眼的光环无法用眼直视
你若听到心鼓，你的手就仍
握着锤子。他们相互掩饰
无所谓轻重，每个早来的春天
邻居们不约而同晒起棉被
阳台展开翅膀，天鹅的叫声
隐约看见无聊的人垂下眼睑
现在到了午睡时刻，你用
爱的信念把自己拼命
榨成葡萄般流淌的汁
小舌嘶嘶作响，在火焰中
总有隐形之物，异类

可以撕开薄皮

耳中起了风暴，死亡

有个瞬间已经访问了我

天上之国

天上之国，布满颗粒

无数无名的食堂在飘散

我看见做人的事已经终结

使劲咳出，骨灰飘散

无须提前准备，瞳孔放到最大

谁还担心后面的事玩到一团糟

此刻，正如曾经的一刻

已经忍受的裂痕

曾经自由的呼吸

为黑夜洗净营地

有人总是迟到

他的脑袋更加迷糊

看看吧，今晚

如同你去过的地方

靠在自己的手背上

有了异心的人

继续对着耳朵低语——

下午会比上午悲伤

夜晚更适合朝着天空

祈求临时的上帝

从一个小孔里面看着它

如何隐身，然后在无限的远处

奏响自己的安魂曲

致敬，2017 年 12 月 31 日

曙光升起，不再出声
我在湿地公园抛出瓦片
各种鸟鸣，仿佛也在加入
笨重的朝向天空的寻找

再过一百年，我也会看见
闪着银光的天国
就在尘埃、卑贱之上
门前慈悲的树影

像是为远行的人行礼
着魔的光线
随时可以被点燃
我的手指向头顶上的深渊

活着的人是否像个亡灵

死去的人睡进另一个躯体

人民的额头贴着什么

选一个字、一个词

冰冷而喜庆

致敬，恐惧再加上一点悲凄

就像暮色恰当地涂抹在

村庄的边缘

致敬，所有的国王

你们衣领整洁，走在死神之前

有时我觉得自己正隐隐发光

有时我觉得自己正隐隐发光
像黑夜里不愿睡觉的鬼
我苦涩之舌不近情理
寒冷驱使我变得只剩下一些腔调

多老的荒腔走板吃过什么
长生之药，半明半瞎间卸下
日日所思。我喜欢看到有人
在身上掏井、洗涤、发愤图强
她说，我要节省自己的呼吸

去靠近一个人，看他额头的
暗字，他为自己的后天所做的一切
看到的变化既持续又无迹可循

我们周围的病人脱离了保护

不停地喝水，解释各种寿材的动机

在我们的木床上，我们一样

想问题，一样丢失了曾经信赖的灵感

就像一个梦消失了，意味着什么都已发生过

请把罐中的水倒进耳朵

每天说的到此为止

安于听从，一切刚露出的喜悦

那是开始的第一个
我用耳勺不停地掏出曾经的
誓约，我的海水涨潮了
送上今夜侧身看到
完整的苦痛之家

满是灰烬的头，谁和谁在赛跑
少年站在笑声中间
尽量笑到吐出谎言的嘴
想起自己的时间
你说谁都曾祈求过

说是激动成鬼，什么样的喜事雪一般
捧在手心，走过多少路途
我相信每个人脸上锁着自己的密码

每个人都带着自己的命

带着膝盖随时屈服
愚笨的手也能摸到耳垂
踏上台阶，高处的风召唤我
安于听从，一切刚露出的喜悦
安于亏欠，就像黑暗中到来的客人

眼中结出了什么果实？

搭上那艘船

就不能改弦易辙

老是这样子

什么都没想清楚

彼此对望

一切变得可见了

一颗星在前方指引

人事沉沉，只能老去

诅咒自己来不及脱身

开始呻吟，在空虚的洞穴

所有的光阴都在眼前

途经一座石碑。一根手杖

拖住我的手，一根多余的手指

是一种真实

一只新长出的眼睛

最终想要结成什么果实

下午我训练各种颤音

对着阴雨连绵的玻璃

一点也不奇怪

十二月的寒腿，已经抖得不行

仿佛我眼中一直有别的影子

仿佛我眼中一直有别的影子
清晨我从恐慌中醒来
几乎听见自己在尖叫
各种各样的飞翔者
把冬天的天空移到我的窗前

他们不知道我们得的是
一样的疾病，我习惯把头
夹进两页纸中间
小故乡不会下雪
小的一页纸什么都看不清
我宁愿想到窗台上有个
小姑娘在跳跃，她不知道
自己即将飞到天上去

无辜的人，才适合诡国
这个我拼凑的词诞生于
无法拼凑的一种梦境
唯有时间，像从前一样
把我带入隐形医院
枝叶茂盛的长廊，在那里
我会找到一张松软的皮椅
等着自己慢慢变皱

你来，我退后

你来，我退后
不知还有多远
够一张床安在那里
无声无息深入
沙地的潮湿

在那里，碰到的都不疼
酒带着死亡缓慢展开
双翼，你看不到
自己变白。却又从不正经
的凹处释放出液体
人们说，时日无多

提早判断的，亦为恰当

坚硬的胡子上还有一夜寒气

放到最后的祝福

谁仍然在听？

正在做的心鬼

未死即尚未修炼成精
想象躺在大雪到来的某地
看风中飞絮，忘词
忘了还在做的心鬼

我躺在下面
看着额头上的灯
越变越小的爬虫
把自己冻在木头的缝隙

还剩一点牵挂
晕了没有，晃着大脑袋
问安，结结巴巴的嘴
今晚不要把我丢下

第三只眼睛一直藏在额上

第三只眼睛一直藏在额上

当它疼痛，另两只

就开始流泪

当它感到羞耻

夜抽打说话的嘴

看你到最后

你的牙齿变软

脸上写满笔画

在这里，你活过来

十二次暴露自己的膝盖

第十三次为窗下的白蜡烛

收回的光，聚拢着飞行者

你将很快变欢喜

单靠冥思即可得到一只鹿

这是谁抛下的祝福

湿唇靠近我右耳时

我也一样凌乱，并很快

变欢喜，坐在寒雪中

无论多久，我的手

仍握着天使

请用"拒绝"送我到污染的水域

不要赞美呀，我眼中没有石头

敌人靠你很近，你还要和他调情

他们的旗帜也会变成你的

心慌，永远只有一个洞穴

永远只有不能走的下一步

水上的云飘过了

你为自己的飞行器不断舀水。

那里，始终听不见

那里，始终听不见
谁挡在面前，风的低吟
在寒冬潮湿的公园
我看见了鹭，飞临，翻转
一下子就像翻开了另外一页
它要看到什么？被动中的主动
或许我知道，唯有真实
使人拥有自由，我
练习一些口语，写半文言文
与矮花交谈，直到完成
对自己的驯养

而之前，那个人，那里有一个人
他原是瞎的，也不相信还能睁开眼
把线穿过针眼，在小的心思里

也装着神迹，还有谁
能把自己穿过
活着就够了，还有人说
在不断败落中继续保持
欢乐变轻，月夜变红

空无中的鬼符

在空无中画鬼符
画出黑身影，哭泣的眼睛
以求证活着不需要太多的理由
若是唱歌，就可以从声音中
找到透明的镰刀
一遍一遍割穿耳朵
等待多久，你也靠不上岸

祈福的人，要相信自己的手势
也会模仿自己的动作
不要看太远，每天想一次
活着的神，他施了什么技术
骑在自己的背上，不停旋转

继续写到心鬼

心鬼难死，心鬼在哪里
无人杀死自己的饲养者
无人记得它的种子
开始很小，生长缓慢
一直长到双目失神
万千愁苦轮流在说话

"我要"——无法说明白
我所说的都不是真的
我的国很小，每天一个新地址
我的衣服已经很合身
我像一封信从未来寄回

命门是一个缓慢之词

命门是一个缓慢之词

我要用早安致敬仍旧醒来

一天的思考无非返回

垂首之路，有一只蝴蝶的矮墙上

另一只也在扇动翅膀

我看见相识之物没有增多

原先你就站在那里

旧脸的四周空气烧起来了吗？

气温上升如此之快，一道亮光

为自己说的话吓住很多人

谁不是活在天上，字迹

就像神迹，谁为多出来的一根手指

找寻另一份劳力，所信之物领着你

要有更硬的壳藏住

拉住门闩，烧坏的脑壳

拉住门闩，烧坏的脑壳
用起来像大号的门把
探身望见林间雾气淋漓
一天的生计主要源自偏执

如果握着恐惧就像一把断箭
不要说你闻到腐烂的气息
无时无刻，通体透明发出红色光亮
命运之路让人久久迟疑

痉挛，没有什么不好
哧哧的笑声没什么奇怪
进进出出，你先为自己消去声音
夜里，你吞下远方送来的煤灰

你坐在我对面，"我要用

语言写尽耻辱"

仿佛就是临终之言

仿佛就是临终之言
现在被人提早说出，他望见
窗外，树枝上攀爬着
属于未来的祝福，细微的蛛丝
他望见的，就是梦的一部分
大地所出，都是生命的庇护所
原先他们在黑暗的最深处

原先的睡眠者
现在闪烁不定，吐露心迹
如此地存在过

水珠一般

六月轶事

六月，你试着证明，你的脚
在冰水中泡过，你突然看见
自己不停奔跑的身体，像是从此不再
看得见——身体做成了无法修复的
残疾，灵魂一直飘荡
从哪里找到的，都是不适的躯壳

没有人再去想那些毁灭，曾经
如何带来更大的恐惧
现在死者注入墙的缝隙
退到土壤沙化的部分
它是不存在，它用消失放大
一颗尘埃的声音

尘埃轶事

这一粒尘埃，现在已不存在
它是从我眼角的泪水中消失的
泪水带走不适、懦弱，对疼痛的忍耐
炽热的眼神曾像闪电
现在星辰开始黯淡，恢复了平静

可是这一颗尘埃仍活着
活在别的泥土，别的死亡
活在所有的身体
它的光亮，只有一克，甚至更微小
却已闪过了

爱的轶事

我不是渴望听到故事的人
梦也连同无数日子
安静地保存在大脑中
相互叠印，天空打开窗
为一只挣脱着迎向幽暗的鸟

藏在原木深处的水滴
把自己唱过的一切
悬挂在我们看得见的高处
暗语何曾传遍世界
失去的孩子终究不明白
我一生听到的只是水的声音

懂得爱的人，称为爱者
很久以前羽翼收起

他沉默而又谦卑

很久以前他得到过爱

那些一直跟随着他的香甜

蟑螂轶事

一只蟑螂从来不会"左僵右痛"
这个词源自杜十八，他说的是
自己的双手，在每一个陌生的事实里
时间增加恶的沉重
首先是身体之恶，无法飞翔的眼睛
现在盯住台灯边缘的德国小蠊

你可见的毛、触须和你看不见的
嘴内感知器，精巧转动的头部
梦的结构充满被夜色改造过的自我证明
整个屋子的光亮消失在六只
交替游弋的脚上，
像是相互在做着掩护。

惊恐使室内剧复归于一种

发不出的紧张，白日深睡过的人
原先记住的是自己的睡眼
他对着镜子，望到身体的背面，又望到前面
他的耐心经历数十年，现在面对着
单一的头脑，这同样使他说不出话

某个时辰

生者的乌有国，窗户密闭

它安静地照看自己

穿过口腔的食物，所爱

都让我们念念不忘

下午的某个时辰，独立于我们

我们像婴儿逃避着自己的童年

我们的树枝

垂向无法听见的私语

我们的墓穴裸露着

它还在等待谁

鼓声在天上

心鼓总能自己擂响吗
你看着我时
不知道我正为此而自得

即使把一切敞开
我也仍隐身于第二者
没有召唤轻易到达门前
即使我允诺过的
同样不能当真

直到火焰让出灰烬
鼓声在天上
鼓声割裂着自己

一个绞刑架被波涛唤醒

他带给我什么，从水中托出深藏的木头
一个绞刑架被波涛唤醒
不用去关心怎样竖在
每个人都看见的地方
每个人如何照见自己的影子
每个人怎样在黑暗中为自己作证

忙碌的人，不能停下手中的活
忙碌的人，慢慢走近自己的路

更像耳朵的嘴

"更像耳朵的嘴
也像有另一种任务"

这是我在闽侯山中
对着杜鹃念及的句子

艳丽之花，一般不会
绽放太久

艳丽之花，骨灰一般
寻找着不存在的所有者

问答

无论我在哪里
都是在你不回答的
那里。我的任务
我仍然把它当作对你的倾诉
谁仍在说
谁就获得自己的权杖

站在低处，越来越低
便于反转过来看到
原来没有用过心的
我在与愚蠢达成共识
不是只有一次
不是只用我的身体

不是需要说出

难以有一次说干净

几乎每个词，每个词

已经无法弥补

我未曾说得清晰

琴声压在我身上

琴声压在我身上
我总是想得太多
忍不住，领了使命
通过学到的手艺
从脑中裂开更灿烂的词
一无所知的嘴读出
自己的旋律

我惊恐天穹变化
事事关系到复杂的召唤
我坐下的庭院
抬头看着鸟的轨迹
一直跟着过去

你的堂上有春节之眼
——给曾木匠

你的堂上有春节之眼

匠人分辨出不同的黑色

为此工作，为手

通过掌纹测试思想的

灵敏度

通过睡眠

证实你能从花中醒来

没有姐妹围成一片蓝

没有叹息从画框上脱落

安于来回折磨

取出脑心的草籽

又种在半空中

你知道光的晕开

如何构成一张半人的脸

你知道所有曾经和你

一起死去者的名字

清明

巨大的镰刀又砍又割
天穹照见半山的矮树
赶路的人，带上祀品
所求之物就是淤积
心肺间的鬼吗

今年所知不同以往
小心清算之后
把故纸贴在脸上

哪张桌子不是真的
不能想到还有安慰
从灯中低垂，所坐之处
像个忘川

心做了莫名的向导

空眼看一个人

对着未曾改动的命

谁从洞中飞出

谁从洞中飞出
我把它想成一只蝙蝠
没有光亮的影子
所有的痛都痛在哪里

看一眼就以为看到自己
从大地的眼窝
垂下，用流泪的嘴
拱开木板
有一种热情
比死还要急切

作为邻居，每日所见
一日三叹
不停把自己喂养大

仿佛只是水底幻影

每日我得到的馈赠

为我标上非人的印记

听赵克芳说到往事

我知道所给的大限

先是说不出每日之词

先是忘了自己是谁

在两者之间

灰灰身影，我要和你

一起回到白洋淀

曾经的世界

几时还有花开

几时站在一根笨木上

你代替他们

辨认迎面走来的人

受命的手已收回

沉重之物从来是真的

换气的嘴变得漆黑
没有叮嘱越过上方
芦苇披着种种惊风

土豆聚集

午后，无望，
早晨呢，透过薄雾
想起帕金森，像一朵菊花
是它最先得病
为了赢取奇怪的名声

我提起吱吱响的水壶
窗外飞过镰刀
还好没有割到颤抖的身体
爱情啊，来得太迟了
人道主义不是一件紧身衣

人们喜爱谈论性事
今天又围成一桌
个个面红耳赤
仿佛涉世未深的土豆

无可安慰

翻开犁沟，也就明白

那些重罪，实无什么理由

写得再多，掏出来都是空

给你的安慰不在路上

索性顺着天际，每天对自己说

每天害怕，自从看得见自己的命

那点儿真理有人领了去

有人藏在疯的深井

有人生你，得到了一点光亮

有人挤在一起，相互应答。

是罂粟使你们睡着了么？

此时，你们要到岛上去

以辨别花草为业

驯养风的敏锐

善于哭泣

无论别人怎么飞翔

只相信鸟的唇语

相信林中树影

投下的逻辑

一个人孤独

是不必再寻找

从粮食中看到

光的穿越

为爱

从心底生出喜乐

这里

山石滚动，谁
能扶住？
我更像在
滚动者队列
心有所寄，把自己
拉回睡眠中

每晚失去信物的四肢
怎样得到安慰？
这里有土
这里有人把白昼
藏了起来

这里的另一个声音
太晚了

不停地数数

接下来的意义

被延迟

你听

无意写给顾北

雨落山里

长大的信物

彼岸就在喧闹之中

朝前走的人

收集自己

为声音饲养的

野香樟

他的

眼眶倒出

更加密集的黄昏

请为木头承诺

它的灰烬

为膝盖承诺天空

它的耳朵

创伤之屋

正对着山谷

有人在说话

跟着这些人
用尽大力
不是为了到达最远
因为我只知晓
没有比胃更近的地方
翻飞的经验扭曲已久
怀孕的黄鼠狼
坐在矮墙上

人事慌乱
记不起曾经
得到的权力
有艳唇照亮一个小角
庄严的手势
为了更多人看见

大脑空白

忧愁也已消散

一年，四季

每次念及

在影子中奔逃

每天轻薄如纸

在那里

你免我命里带罪

像是你要给的庭院

像是你要给的庭院
很快就能收走我的灰暗
两眼疼痛，看到底
对自己禁言，变成素食者
每晚闪过日夜凌乱

时而滔滔，失控的口舌
时而孕育着疯的另一个
比你长命的多出更多的喘气
有些事情无法辨明
带上你，长出自己的光

燃烧室

无所思的缝隙
添入好看的花
满脸通红，有人一掷
有人数数
从何处捕获的天空
气宇清洁

一直走出自己的回答
也不明白眼睛中所见
无数人屈服就像
爱的发生，伸过来的脸颊
能让空气镇静

我也是自燃者
正在打开逃生之门

见光

呼啸一年的国王
曾被热爱者
榨出了糖汁，从又灰
又暗的眼窝
站在墙上的胡子
长久盯着你

字迹惊恐，每隔
一年就变得无法相认
卜知生死的铜钱
不可知的表情
你听见的是
自己在叫唤

那些

无法摆脱的

那些沮丧的加持

完全真实的在那里

朝自己母亲

朝着自己的母亲立誓

你的话

隔了一夜

仍然在耳边，无论轻重

我的手拔不出

肉里的刺，疼痛是福

走路的人要找椅子

坐下，要用力关上

夜的门，储蓄眼泪

从此哆嗦的手

也一直无法握紧

每次重复着

说了又说，提及

身前的路，走过的

少之又少，天上偶现

星辰

一颗也不能浪费

谁还能赐予

宁静，路中的人

留给自己疑惑

一个字写出命，却安于

已经到来的

安于不停地丢失

情人节的馈赠

常常无言以辩

每天

树木散开你的微光

还没有一种废材

在午后的浮想中

向我送出

对空气的安慰

现在你去生长

扎入泥土

又在上方展开

失去的脸

从此不必

聊到什么，站到

跟前就知道

生长就是会死

如果还有余力

什么都不需要再问

在下面的馈赠

我跟随着它

一张床

已成陌路

你们听见我的声音
就像我凭空看到
恶魔从梦中出来
国王，我对着你说
我对着墙说
我对不存在的自己说

各种声音中
什么样的事情已经发生
我常想的就是这样

从未来飞回的飞机
涂着各种辟邪的颜色
既不能离开，也不能降落
那些未来之子正在哭泣

他看到了魔鬼现身
他是，他看到自己
他说我听见无信者呼唤
我已来临

没有能够说出
新鲜话语的嘴唇
没有
选一棵树，扶着树皮
闭上眼睛，轻轻地接着说

邻人已逝

继续晦涩

这样的偏好

是把血抹在窗上

从伤口看自己

喜爱的图

从那里

走出

他已活太久

得到的便无所贪恋

转动着一根手指

早睡的死神

木匠说他取回了钉子

挖土的人站得整整齐齐
再说什么都没有必要
沿着村路
羞怯的风仍然有自由

面对天空，别无他意

面对天空，别无他意
你可以看得长久
直到把它折叠起来
在忘却和重新开始的时刻
从未在那里
怀有一个天空之子
更轻盈地生活着自己的阴影
最后什么都看不见
谁夺走不停撒下的银币
谁就是罪人
不过没有人用手指着他
看啦，你露出黄牙

俯身露水之上
我一直亲近着三叶草

明天就去革命

朝着我看不见的地方发誓

像是无数明天

我梦见自己像闪电一样

哈扎拉尔说，纪念碑

谁愿意要去

目睹血

而不是

只在记忆中看见它

灵魂翻了一个跟头

与身体离得更远

草木什么也留不住

大地郁郁葱葱

如同挣脱了

困顿之神

把时间也挤成一个

尖顶

在人的心里

自己只是

走来走去

自己就是遗忘
才能更像诡计

已经活过的

唱给我

短暂的曾经之物

午后的睡眠

一粒种子重新发育

在石头上

永远有一只眼睛

什么都看不见

隔着声音
——致胡一霞

甚至做梦

你也是不存在的人

大声喊叫给自己听

我从树叶回来

我曾攀附在那里

看身体各种变化

自由——想象是一座

半空中的坟墓

有时我知道很多

清新如两岁的婴儿

紧接着爱上各种

对生的怜悯

不一定能——找到证词

今晚我信赖汇聚身边

的事物，钱币般

光彩照人

我将成为原先

低语中薄薄的嘴唇

堵车思绪

眼干涩，车窗上的雨点
身体蜷曲忘了和谐自己
在城市熔断前看完一本书
像针掉入某个墨迹

不想一个人朝着一面旗子
曾经记熟的词句，鼓足勇气
垂下五腑六脏，被消磨的时光
好运带给我未来的母亲

"死前勿忘诅咒"，谁的格言
未遗忘的思绪自有妙用
有种残忍拉低对自身的警觉
若无其事，贫乏复制一张脸

把词洗净

我想象米沃什这样说
我爱一个词，就会恨一个人
如同乡愁，如同初心
一个词的诞生需要三百年
加上三百万平方公里的土地
日月山川，众人咏哦呼吸
如同破晓，何其痛哉
无数的嘴以爱的方式找到滋润
邪恶也未被忘记，空气中传诵的
常是新主，我若不能从旧词里找到
安慰，何以证明我的手握着的
仍是羞耻，守着卑贱就是温习
从小就熟悉的草木声音
有的人并不知自己无从退步
绝望感动过谁，谁指出亵渎者

他的话语细如游丝也很不错
它是私语，说不出的恐惧变成习惯
然而血才是生活，灰烬才是证明

清洁行动

唯有相信一个人去做就可以
相信原是一种恒力
今天就去做
决不口吐脏言秽语
决不使用被乌黑之口污染过的词汇
决不在任何时刻用词漫不经心
就以一己之力，用于呼吁，提醒，纠正
改善，修饰，正本清源，以目观心
无惧再多羞耻，灾难仍在加深
一个人去做就是

九月转译

秋天近了，我身体的阴影
已经剥离，再无可以
记取的事物，把我看作眼中
的钉子，用一把木槌
复习手的技艺
你想想吧，从前说过的话
好像说得太早了

无论去哪里，你都是一个人
声音泄露的怯懦，这才是真的
你的眼，我的眼，一根绳索
攀援的可曾是耶路撒冷的城门

我定要倒头便睡，我要梦到

乌有之乡，整整一夜灰烬掩上我的嘴

整整一个白昼，我望着苍穹

我看不见什么，我任由它紧紧抓住

王子的意象

临睡时想到未做过的审查

一匹马腾起或者陷于沮丧

诉说之嘴唇角裂开

用手抵御每日的失败

用手辨认失而复得

不停叫唤小欲望

谁要求的控制力花样翻新

翻身上马的定是王子

没有另一个时间

他将亲吻死去已久的新娘

或是新娘吻了他的唇

这是什么样的玄幻

在夜色中如此情景，很是潮湿

如果要记住，就不要闭上眼

心意用在各种别离

现在身体中的那个幽人

已经被唤醒